LE PARADIS PERDU

POÉSIE

PAR ÉDOUARD PESCH

TYPOGRAPHE

METZ

ROUSSEAU-PALLEZ, ÉDITEUR

RUE DES CLERCS, 14

1862

LE PARADIS PERDU

LE
PARADIS PERDU

POÉSIE

PAR ÉDOUARD PESCH

TYPOGRAPHE

METZ

ROUSSEAU-PALLEZ, ÉDITEUR

RUE DES CLERCS, 14

1862

LE PARADIS PERDU

I

Le soleil du printemps se levait, radieux,
Sur la belle vallée où jusque-là les cieux
Ne s'étaient encor vus obscurcis par l'orage ;
Tout s'épanouissait sur cette heureuse plage ;
Les gouttes de rosée au front de chaque fleur
Étaient sans doute autant de larmes de bonheur
Par la nature entière à son réveil versées ;
Sur les branches en fleur par la brise bercées,

Les oiseaux frétillants mêlaient leurs mille voix ;
Les tigres, les lions, ces souverains des bois,
Étaient couchés en paix près de l'agneau timide ;
Le cigne éblouissant, dans son domaine humide,
Entonnait doucement son hymne du matin ;
Tout priait, adorait et bénissait la main
Qui prodiguait sans cesse à tous leur nourriture,
Qui donnait son éclat à l'immense nature :
Seul, Adam, à l'écart, n'élevait plus la voix
Qu'en murmurant, hélas ! contre les grandes lois
Dont le Maître des cieux, dans sa bonté de père,
Et dans sa prévoyance avait doté la terre...

II

LA VOIX DE DIEU

Adam, Adam, pourquoi, sur la terre étendu,
Attendre qu'à tes yeux le sommeil soit rendu ?
Pourquoi profanes-tu cet Eden par tes plaintes
Qui troublent les échos de ces collines saintes ?
Ingrat, n'avais-je pas, pour charmer ton séjour,
Épuisé mon génie et mon divin amour !
Que te faut-il encor dans cette riche plaine ?
Je n'y refusais rien à ta nature humaine :
Je disais au matin de charmer ton réveil
Par le chant des oiseaux, par le reflet vermeil
De l'aurore inondant ta couche gracieuse;
Des arbres je chargeais la cime audacieuse

De fruits au doux aspect ; je guidais les ruisseaux
Dans leur course rieuse à travers ces berceaux
Où brillent tant de fleurs, où flotte un doux arôme ;
De ces bois toujours verts le majestueux dôme
Appelle le zéphir au souffle pur et frais
Qui vient calmer ton front sous le feuillage épais ;
J'ai conduit à tes pieds, loin de son noir repaire,
Le lion des forêts, l'aigle quittant son aire,
En faisant reconnaître ainsi leur noble roi ;
Sur cette terre à tout je donnais un emploi
Pour suivre jour et nuit tous tes moindres caprices,
Et ton bonheur devait seul faire mes délices...
Mais je le vois, ingrat, je n'ai pu réussir,
Car chaque aube t'amène encor quelque désir :
Et l'ai-je contenté, vient l'aurore nouvelle,
Et le murmure encor recommence avec elle.
Quand donc cesseras-tu, par ton cœur inconstant,
D'éprouver ma bonté ; quand seras-tu content ?
Regarde autour de toi : tout est fait pour te plaire,
Pour charmer ton séjour ; ce riche sanctuaire
Est un reflet fidèle émanant de mes cieux ;
L'ange, dans son extase, élève, radieux,
Sa voix si pure et chante un hymme à ta demeure,
Et l'oiseau, dans son vol, pour l'écouter effleure
Les célestes lambris, source du chant divin,
Puis vient, à ton chevet, le redire au matin !

Mais seul tu restes froid quand toute créature
Fête de ses accents l'aspect de la nature
Qui, chef-d'œuvre immortel de ma puissante main,
Ne suffit déjà plus à ton esprit humain !
Pour chasser le chagrin, ingrat, qui te dévore
Pour fixer ton bonheur, que faut-il faire encore ?

ADAM

Hélas ! mon cœur est plein de larmes, de soupirs ;
Il se débat en vain contre tous ses désirs...
Je m'ennuie ainsi seul, unique de ma race ;
Je languis et péris, ainsi que, dans l'espace,
Pâlit le météore et s'éteint isolé !
Ah ! calme la douleur de mon cœur désolé !...
Mon âme que ton souffle entre mes chairs arrête
Ne peut plus ainsi vivre : elle n'est pas complète,
Et quelque âme plus loin doit être ma moitié...
Ah ! Seigneur, conduis-moi vers elle, par pitié !...
Ne vois-je pas, le jour, l'heureuse tourterelle
S'unir au tourtereau qui gémirait sans elle ;
Ne vois-je pas le tigre et le lion puissants
Aux pieds de leur maîtresse étendus languissants !
Et moi je ne pourrais suivre l'appel de l'âme :
Seule elle n'aurait pas la sœur qu'elle réclame ;

Seul je succomberais, sans retour, à l'ennui,
Sans trouver le bonheur qui pour moi n'a point lui!...

Seigneur, quand le matin l'oiseau module un chant,
Je le vois se porter, dans son amour touchant,
Vers sa compagne aimée ; alors leurs voix unies
T'adressent, Créateur, de longues harmonies ;
Puis, passant lentement au rhythme langoureux
De la tendresse alors, un baiser amoureux
Vient éteindre soudain les élans de ce rêve :
Ce poème ingénu c'est l'amour qui l'achève...
Moi je suis sans compagne et sans écho ma voix ;
Tout aime qui m'entoure, ai-je donc moins de droits ?

LA VOIX DE DIEU

Ingrat, n'as-tu donc pas l'Espérance immortelle
Pour élever ton cœur vers la sphère éternelle
Où ton bonheur serait auprès de moi, ton Dieu ?
Tu pouvais oublier que ton âme en ce lieu
N'a point de loi commune aux autres créatures !
Je bornais le bonheur du bœuf à ses pâtures,
Et l'éphémère oiseau s'en va sans revenir :
Adam, en toi j'ai mis le vivant souvenir

Qui doit te rappeler ta plus noble origine
Et la félicité que ton Dieu te destine...
Ah ! si tu comprenais dans ta trop faible foi ;
Si tes yeux un instant, à ton immense effroi,
Pouvaient tout embrasser ce que ta voix appelle !
Je vois des flots de fiel que l'avenir recèle,
Et toi, faible insensé, loin d'en barrer le cours,
Tu vas à leur rencontre et t'y perds pour toujours !...
Tu veux donc que ton âme, ici-bas enchaînée,
Soit par la chair toujours à l'erreur entraînée ?...
Mais un jour, souviens-t'en, le réveil douloureux
Suivra de tes souhaits l'aveuglement affreux,
Et, sous tes pas ouvert, un abîme insondable
Vomira contre toi la mort impitoyable !...

Et soudain à ces mots, le souffle tout puissant
Du Seigneur ébranla l'univers frémissant...

Que voit Adam alors, ô miracle sublime !
Le sol se transfigure et lentement s'anime..

Il jette un cri suprême où l'admiration
Subitement se change en adoration !

A ses yeux éblouis, Ève apparaît, cette Ève
Qui vient de son amour réaliser le rêve !...

———

III

ADAM

O prodige ! du ciel un ange est descendu :
A son aspect soudain, le bonheur m'est rendu !...
. . . .

Sois donc bénie, ô toi qui viens sur cette terre
Pour chasser d'un regard la douleur solitaire
De celui qui vers toi tend ses bras languissants !
Vois-tu ce pleur heureux découler de ma face ?...
J'oublie, à tes genoux qu'ivre d'amour j'enlace,
    Du temps passé les soupirs impuissants !...

ÈVE

Qui suis-je?.. où suis-je?.. ah! qu'elle flamme immense
Jaillit, de cette source où l'infini commence,
Sur moi la créature, au seuil de mon néant !...
Je respire, et je vis ; je pense, et le mystère
S'enfuit, s'évanouit ; un torrent de lumière
Me montre Dieu partout et sa main de géant !

Adam, relève-toi ; je ne suis point un ange !
Portée auprès de toi par son destin étrange,
Mon âme de la tienne est l'amoureuse sœur !
L'intarissable feu que ta bouche révèle
Lentement me dévore ; une seule étincelle
En a suffi pour embraser mon cœur !

ADAM

Ah ! parle-moi toujours ; que ta lèvre vermeille
Par ses beaux chants d'amour en mon âme réveille
L'espoir et le bonheur si longtemps engourdis!
Au souffle de ta bouche, à ton divin sourire,
Mon cœur est réchauffé jusqu'au brûlant délire ;
Le ciel et l'univers me semblent embellis!

O ravissant Amour à la flamme immortelle,
Daigne jeter sur moi les rayons de ton aîle!
O viens, sois de mon cœur l'immense volupté !
Ton baiser savoureux effacera l'empreinte
Des larmes du passé ; son enivrante étreinte
  Est l'avant-goût de l'immortalité !

IV

La colère de Dieu souffla sur la vallée
Où, loin du Paradis, proscrite et désolée,
Sur des chemins maudits errait l'humanité.
Regrettant, mais trop tard, leur folle vanité,
Ils pleuraient ces beaux jours de calme et d'innocence,
Et la paix qu'autrefois donnait l'obéissance !
Dans leur douleur cuisante ils étendaient les bras
Vers leur bonheur enfui qui ne revenait pas ;
Vers ce soleil voilé par de sombres orages,
Vers l'Orient lointain aux séduisants mirages.....
Puis, arrosant de pleurs les ronces du désert
Et repassant soudain tout le malheur souffert,
Ils murmuraient tout bas : N'est-ce donc pas un rêve
Que le sombre remords dans nos âmes soulève ?...

Réalité affreuse !... O nuits de l'avenir,
Éteignez sans retour ce brûlant souvenir !...

L'ANGE

Vous qui, par votre crime, excitiez la colère
De Celui qui jadis fut votre tendre père ;
Vous que l'ingratitude et le terrestre orgueil
Avaient fait trébucher dans un funeste écueil ;
Vous qui, faibles mortels, pour une joie impure,
Abdiquiez lâchement votre grandeur future,
Hommes, vos œuvres sont maudites du Seigneur,
Et vous les expierez sous le poids du malheur !...
Adam, toi dont les yeux rivés sur cette terre
N'avaient pu s'élever, d'un regard salutaire,
Vers Dieu, ton créateur, ton maître paternel,
Qui t'offrait en échange un bonheur éternel ;
Dorénavant stérile, Adam, cette nature
Exigera pour prix d'une humble nourriture,
Le travail de tes mains, la sueur de ton front ;
Les animaux des bois, qui toujours te fuiront,
Depuis que tu perdis l'éclat de ta noblesse,
Étonnés avaient vu ta lascive faiblesse,
Et, te jugeant déchu, jetant ton joug soudain,
Ils n'auront plus pour toi que leur haineux dédain !...

Du Seigneur, Ève, écoute envers toi la sentence :
Tu provoquais sans foi de l'homme l'imprudence,
Tu dois, pour éprouver son amer repentir,
Voir ma colère aussi sur toi s'appesantir !
L'homme, que ton conseil en son printemps déprave,
En revanche de toi fera sa triste esclave ;
Tu donneras le jour, avec peine et douleurs,
Aux enfants nés de toi, grandissant dans les pleurs ;
Tu verras ton aîné, envieux et coupable,
Poursuivre le meilleur de sa haine implacable,
Jusqu'à ce que le sol boira le sang versé
Du cœur de ton enfant par son frère percé!...
T'abandonnant alors, l'ignoble fratricide
Portera ses remords dans le désert aride :
Mais vainement son pas voudrait là m'éviter :
Contre la main de Dieu rien ne peut l'abriter.
Alors, de la douleur passant à la colère,
Il maudira le jour que lui donna sa mère,
Demandant à la mort d'ouvrir son tombeau noir
Pour l'engloutir enfin avec son désespoir !...

D'autres enfants après, prolongeant votre race,
Viendront de vos péchés perpétuer la trace ;
Du vice presque tous choisiront le chemin,
Sans que mon anathème y puisse mettre un frein...
Né dans l'impureté des plaisirs de ce monde,
Ils auront pour instinct la jouissance immonde ;

Ils ne voudront pour guide, au bord de leur tombeau,
Rien que des passions le sinistre flambeau !...
Alors au milieu d'eux surgiront des prophètes,
Dont les sévères voix viendront troubler leurs fêtes...
Cependant peu, hélas ! peu les écouteront !...
Mais malheur à celui qui, le blasphème au front,
Se riant des vertus au sein de la mollesse,
S'endormira bercé dans son oisive ivresse :
Il vaudrait mieux pour lui qu'il n'eût point vu le jour
Que reçoit, du soleil, son passager séjour !...
En châtiant l'orgueil des puissants de la terre,
En accablant leurs fils du poids de sa colère,
Dieu ne s'arrêtera pas devant leurs grandeurs,
Et ses regards de juge ébranleront leurs cœurs !...
Mais des déshérités Dieu comptera les larmes
Quand opprimés, proscrits, le cœur rempli d'alarmes,
Vers le ciel ils tendront, en suppliant, la main
Que repoussait sans cesse un avare prochain !...
Leur dénûment muet et leur misère immense
Toucheront du Seigneur l'ineffable clémence :
Un jour le pauvre alors, à son amour rendu,
Au ciel retrouvera le Paradis perdu !...

Metz. — Imp. Rousseau-Pallez.